O regresso do morto

contos

Suleiman Cassamo

O regresso do morto

contos

kapulana

São Paulo
2016

A editora optou por manter a ortografia da língua portuguesa de Moçambique.

Coordenação editorial:	Rosana Morais Weg
Projeto gráfico e capa:	Amanda de Azevedo
Ilustração:	Mariana Fujisawa
Diagramação:	Daniela Miwa Taira
Finalização:	Carolina da Silva Menezes

Dados Internacionais de Catalogação na Publicação (CIP)
(Câmara Brasileira do Livro, SP, Brasil)

Cassamo, Suleiman
O regresso do morto: contos / Suleiman Cassamo. -- São Paulo: Editora Kapulana, 2016. -- (Série vozes da África)

ISBN 978-85-68846-11-7

1. Contos moçambicanos 2. Literatura africana I. Título. II. Série.

16-00681 CDD-869.3

Índices para catálogo sistemático:
1. Contos : Literatura moçambicana 869.3

2016

Rua Henrique Schaumann, 414, 3º andar, CEP 05413-010, São Paulo, SP, Brasil.
editora@kapulana.com.br – www.kapulana.com.br

Dedicatória

Às
mulheres da minha terra natal
que anunciam à Lua os homens
com suas inimitáveis *minkulunguana*:
hu lu, hu lu! hu lu, hu lu!

Apresentação

SULEIMAN CASSAMO, escritor moçambicano, traz à luz História e histórias de Moçambique de um modo muito especial, em forma de conto falado, cantado, sussurrado.

Suleiman Cassamo desperta nossos sentidos. Ao ler os contos de O regresso do morto, é como fazer uma viagem pelos mundos dos vivos e dos mortos. É relembrar vozes, lamentos e gritos. É sentir a textura das capulanas, as marcas na pele, a terra. É sentir os odores do campo, da cidade, do ar, dos seres. É perceber sabores acres e doces. É estar e caminhar com as personagens sofridas e resistentes de Suleiman Cassamo.

A Editora Kapulana traz ao Brasil, pela primeira vez, uma obra de Suleiman Cassamo porque ele é uma das mais significativas *Vozes da África*, uma voz de Moçambique.

A Editora Kapulana agradece a Francisco Noa, intelectual moçambicano, que nos apresentou Suleiman Cassamo; a Rita Chaves, brasileira, incansável pesquisadora das literaturas africanas de Língua Portuguesa, que nos oferece um prefácio que ilumina a leitura dos contos; e a Mariana Fujisawa, talentosa artista brasileira, com vivência em Moçambique, que ilustra cada conto, com graça e firmeza.

São Paulo, 28 de janeiro de 2016.

Suleiman Cassamo: a viva voz do mundo

Com um considerável atraso, Suleiman Cassamo desembarca no Brasil. *O regresso do morto*, que vem marcar a estreia do escritor entre nós, teve sua primeira edição em 1989, tempos conturbados em Moçambique. Passavam-se 14 anos da tardia independência e o país estava imerso nos sobressaltos de uma guerra que perduraria até 1992. Nesse período, a literatura, que tinha integrado o eufórico coro da utopia nos anos 70, já observava os desvios do sonho e as dificuldades do projeto nacional que a partir de 1964 mobilizara a luta armada.

Sem perder de vista a noção de originalidade que é condição da obra literária, Suleiman Cassamo nos traz, revitalizados, personagens que fizeram sua entrada na literatura produzida em Moçambique pelos poemas de José Craveirinha e Noémia de Sousa. Como nos poemas dos anos 50 e 60, os contos de *O regresso do morto* estão povoados pelos trabalhadores pobres da cidade, os deslocados do campo, os magaíças a retornar do duro trabalho das minas sul-africanas, carregados de bugigangas, fantasia e a memória do desterro. Na narrativa que dá nome à coletânea, é um deles, o emigrado que vem da estranha terra do "jone" a irromper na cena, trazendo uma das poucas imagens de alívio e alegria de toda a obra.

Optando pelo conto, modalidade literária bastante presente no contexto moçambicano, Suleiman Cassamo nos traz dez narrativas que compõem um instigante painel das diversas realidades abrigadas num conjunto espaciotemporal que se desenha para além das fronteiras que teoricamente dividiriam o colonial e o tempo da independência. São muitas e de muitas ordens as contradições que estão no centro das vidas que se movimentam nos diferentes cenários. A aproximar os personagens está a experiência da exclusão, que, em muitos casos, é temperada por atos violentos.

Física e simbólica, a violência constitui uma presença de relevo nas vidas que se representam em cada conto. De maneira intensa, ela toca a mulher, que está situada na ponta extrema da injustiça social e individual nessas sociedades em que a sobrevivência é uma luta diária, e tantas vezes fadada ao fracasso. Pelas narrativas de Cassamo, podemos observar como as personagens femininas condensam em si as duas pontas: a da dor e a da resistência. Os dois primeiros contos são exemplares desse lugar que tocado pela humilhação gera respostas insubmissas. Seus títulos – "Ngilina, tu vai morrer" e "Laurinda, tu vai mbunhar" – têm a mesma estrutura e traduzem uma espécie de ameaça que, ao se realizar, confere uma especial dignidade a inarredáveis destinos.

Sem se referir explicitamente ao colonialismo, o autor confronta-nos com a sua face mais cruel, trazendo-nos as gentes que ele explora e segrega e apontando-nos as suas mais profundas contradições. A brutalidade maior desse sistema talvez seja precisamente a sua capacidade de prolongar-se, arrastando-se para além do celebrado tempo das independências nacionais. E, assim, algumas das cenas não se identificam especificamente com os anos de vigência do sistema. A condição colonial ultrapassa os limites cronológicos e a tinta das iniquidades surge, por exemplo, na "caça" ao pão do já referido "Laurinda, tu vai mbunhar". Intensamente marcadas, as imagens asseguram ao conto uma envolvente tensão, fazendo do contista, nas palavras de Julio Cortázar, "um pescador de momentos singulares".

Conhecedor dos riscos de uma avaliação superficial, Cassamo empenha-se em mergulhar em profundidade na rede armada pelo sistema e mostra como se amarram alguns de seus nós, dos quais não escapa o colonizado, dividido, ou melhor, emparedado entre os mundos em que cresceu. Em "Madalena, xiluva do meu coração", na angústia de Fabião/Neves, temos a machucada consciência de quem se vê perifericamente num mundo sem deixar de pertencer a um outro. A experiência da dualidade que se nota está longe do hibridismo suavizado por alguns discursos pós-coloniais. Sob a temática do dilaceramento amoroso, o enredo evoca, a célebre conferência intitulada "Cultura e colonização" de Aimé Césaire: "A colonização é esse fenômeno que inclui, entre outras consequências psicológicas a seguinte: fazer vacilar os conceitos sobre os quais os colonizados poderiam construir ou reconstruir o mundo."

Erguendo-se das ruínas de uma sociedade, sobre as quais era preciso erguer outra, a voz de Suleiman Cassamo busca projetar na linguagem esse mundo feito de estilhaços, refratário às hipóteses de harmonia em que tantos africanos tentaram acreditar. Daí deriva uma escrita feita de pedaços, constituindo-se a partir de fortes imagens, apoiando-se numa sintaxe que contraria a norma da língua portuguesa. A expressão por ele cultivada elege como eixo um léxico que, mesclando ao português palavras e construções das línguas moçambicanas que fertilizam a língua herdada/imposta, faz da oralidade não um recurso, mas uma poderosa matriz. Na diversidade de tempos, de espaços, de enredos, o ritmo da oralidade assume a mediação e coloca-se como a face viva de um universo historicamente cindido. Isso explica o peso das lacunas na modulação da escrita. Montado com fragmentos, construído sobre e sob escombros, o mundo que emerge não pode prescindir da elipse como uma importante chave de estruturação.

Conferindo visibilidade a um conjunto de seres marginalizados, os "esquecidos" que desfilam pelas ruas de tantas cidades africanas, e não só, *O regresso do morto* supera os domínios da denúncia e apresenta-se como um fascinante trabalho literário. Vemo-nos diante de um exercício capaz de conduzir o leitor a um singular universo de sentidos, recordando-nos que a literatura nos permite ver aquilo que a vida, a um só tempo, mostra e esconde. Venha de onde vier.

Rita Chaves
Universidade de São Paulo - janeiro de 2016

Jorge Amado, em vida, leu *O Regresso do morto*. Maria de Lourdes Belchior, então diretora do "Centro Cultural da Fundação Calouste Gulbenkian", em Paris, em carta dirigida ao autor em 02 de outubro de 1995, fala da impressão que a obra causou ao renomado escritor baiano.

(Cópia da carta cedida pelo Autor.)

000704

Centre Culturel Calouste Gulbenkian
51, Avenue d'Iéna 75116 Paris

Le Directeur

Exmo.Senhor
Suleiman CASSAMO
Maputo

Paris, 2 de Outubro de 1995

Caro Suleiman Cassamo,

Recebi há dias a sua carta datada de Maputo 11/09/95 e apresso-me a responder-lhe. Tivémos muito gosto aqui no Centro em «lançar» o seu livro e adquirimos uma centena de exemplares que tenho oferecido às pessoas que passam pelo Centro. Jorge Amado que é um amigo meu, assim como Zélia Gattai, sua mulher, é um leitor muito crítico. Portanto, se ele gostou do seu livro é que encontrou em si vocação de escritor.

Com votos de felicidades,

cordialmente

Profa.Doutora Maria de Lourdes BELCHIOR

TÉL.(1) 47 20 86 84 · TÉLÉFAX (1) 40 70 98 79

"Que da leitura destes contos vos fique um leve,
levíssimo sabor a terra. O sabor da nossa terra."

O regresso do morto

Veio do poente incendiado, lá do fim do mundo, pelo atalho dos fundos.

Foi no derradeiro canto das codornizes, no último voo da rola, a oração das rãs nos pântanos, a terra cobrindo-se de sombras e de silêncio.

Os mortos, quando regressam, diziam, trazem a cruz pesada da sua própria tumba dobrando-lhes a coluna. Porém, nunca ninguém os viu de regresso.

E eis que este retorna. Uma pesada mala de chapa no lugar da cruz. Vem arrastando um par de botas sólidas, a poeira desenhando continentes nas gangas suadas, o olhar sem chama debaixo do capacete: se é que os mortos se cansam, devia estar muito cansado.

Pôs a mala no chão. E, ao endireitar a coluna, os ossos rangeram-lhe como os gonzos de uma porta velha. Era alto, os membros rijos um pouco arqueados – o que lhe dava maior estabilidade sobre o chão.

Mirou a casa, atentamente. Uma lâmina pairou no ar como um raio e, em arco, fulminou um tronco. Uma mulher, entre duas palhotas, rachava lenha. Ao fitá-la, o fogo avivou os olhos mortos.

– Hodi!

O vento devolveu ao poente a voz débil.

– Hooodii! – Fez novamente, com mais ar.

O raio parou no ar. A velha voltou-se, lentamente, e procurou o dono da voz. Depois, os olhos esbugalhados, o corpo tremeu, o machado caiu.

– Hoyo-hoyo – o Morto esperava ouvir tal saudação. Mas nunca ninguém desejou boas-vindas a fantasmas.

Ela ficou ali espetada, o cabelo no ar e o peito sem ar.

Sete anos antes, numa tarde igualzinha àquela, Maria, sua nora, suspendera no ar o maço do pilão e dissera:

– Vem aí um homem.

– É quem? – A peneira parara nos dedos da velha.

Houve a habitual ndzava, a velha queixando-se das pernas e o homem lamentando a tosse, mas sem nada de grave.

– Musés morreu na mina – informara o recém-chegado, esforçando a voz. Soubera de amigos, ele trabalhava noutro "compound".

Moisés, mafunda-djoni, uma mocidade vendida no contrato a sonhar com gramafone, roupas de valor, confortáveis mantas e ricas bugigangas, o pão de inigualável sabor, guardado dias sem bolor, a farinha dissolvendo-se na boca.

Ainda pequeno, Moisés via no meio de grande admiração, magaíça desembarcando no comboio da Manhiça, as malas cheias, os olhos brilhantes de orgulho. E o "País do Rand" começou a atraí-lo.

– Não vou mais à escola – decidiu. – O professor bate muinto.

– Vais ser burro de carregar saco – sentenciava a mãe.

– Burro não, mineiro. Estudar para quê?

E acrescentava com os ombros cheios:

– Volto com maçónica para varrer toda gente!

Partiu aos dezanove anos sem dizer adeus. Nenhuma carta desde então. Chegada a notícia da sua morte, a família vestiu luto. É ainda dentro dessas roupas de dor que o Morto encontra a velhota.

Há uma força que a magnetiza. Domada por tal poder, olhos rasgados e húmidos de emoção, avança, passo a passo, para o Morto. Os ossos fortes apertam-na num abraço.

– Não chores, mãe. Eu não morri...

Ela já havia desmaiado.

Nglina, tu vai morrer

Assim é vida? Insultos sempre-sempre, trabalhar todo o dia do xicuembo parece burro de puxar nholo, muinto purrada assim parece mesmo boi de puxar charrua. Chaga na bochecha, boca inchada, nariz arranhado, dentes partido, é vida mesmo? Assim não é vida, não. É melhor morrer mesmo. Morrer é mesmo bom. Tudo acaba, tudo. Sim valapena morrer... Mas é assim vida de mulher. Paciença... Só o xicuembo sabe...

Assim é manera que Ngilina fala com o seu coração. Esse seu coração inchado no peito, pesado na garganta, a fechar a boca. Lágrimas caladas molham as faces.

Ngilina limpa as lágrimas na sua capulana de xigueguepau com gravura de uma mulher forte no meio de milho. Tem pena sim.

Ngilina 'stá pilar parece máquina de moer farinha. O pilão faz dú, dú, dú.

Espalha-se na quietude essa voz do pilão, quebra a paz que salta do sol detrás da palhota, a cair entre as copas das micaias vermelho parece tomate maduro.

Pau-de-pilão sobe, pau-de-pilão desce, pau-de-pilão sobe, pau-de-pilão desce. O corpo da Ngilina também sobe, também desce. Parece vara verde é manera qu'stá subir-descer.

Mas a pilar assim, olhos sempre no pilão, a bater sempre de manera igual, muinto muinto Ngilina parece mesmo máquina de moer farinha.

A voz do pilão foge para o mato. A sombra do pilão e da

Ngilina cresce, fica comprida. Os seios pequenos na sombra são grandes mas só saltam um mucado só. Ngilina pila. A sombra também pila. Ngilina para. A sombra também para. Zombeteira, imita a Ngilina que esfrega saliva nas mãos. Esta e todas as outras sombras crescem silenciosamente, abraçam-se para dançar xigubo do pilão da Ngilina.

A noite vai chegar mesmo. O homem da Ngilina vai voltar.

É preciso ferver ncancana depressa, botar amendoim. Ferver água, botar um mucado de farinha de milho que agora começou a peneirar. Esperar mucadinho. Mais farinha. Depois mexer com libôndzo até ficar wusua, servir e pôr na mesa. Não esquencer moringa de água para beber. Não esquencer piri-piri, água na bacia e toalha. Não esquencer nada mesmo, nada. Mas primeiro água no balde na casa de banho. Depois de ele banhar, ir ajoelhar com respeito e dizer:

– Tatana, vai comer.

Agora falta mucado só. Ngilina acompanha a dança da peneira nos dedos com uma cantiga. Mas como cantiga assim parece choro de rola, parece lamento de xivambalana?

Esta cantiga é mesmo choro de rola picando o coração da savana, gemido do coração inchado daquela minina.

Mas porquê esta vida Ngilina?

Ngilina tinha só d'zasseis anos quando o marido, um homem da idade do pai e gaíça na altura, reuniu com os pais na palhota grande.

Só depois dessa reunião ela soube que estava lobolada. Não queria. Mas o pai queria. Mandava.

Ngilina nunca até ali dormiu com homens e nunca mais gostou desde aquele dia em que o marido a possuiu. Mas ele queria sempre, todos os dias. Como diria não se lhe pertencia? Acordava com dores na coluna, nas ancas, na cabeça, todo o corpo. Como diria qu'stou doente? Lá estava a sogra – aquela velha maldita – a dizer: tu, lenha; tu, água; tu, bilha na cabeça; tu, enxada; tu, panela de barro no lume; tu, pratos lavados... a chamá-la de preguiçosa, preguiçosa, preguiçosa todo o dia do xicuembo.

Falava sempre do lobolo que o filho gastou.

Um ano passou. O marido também começou com zangas. Diz que Ngilina não nasce filhos. Não sabe porque a lobolou. Não é mulher. Bate-a por tudo e por nada. Com cinto que tem ferro, com paus, com socos, com pontapés, com tudo. Coitadinha, Ngilina, era uma minina xonguile mas agora ficou velha num ano só. Ngilina é xiluva que murchou.

O corpo dói, sim, mas dói é muinto muinto o coração. O coração 'stá inchado, vai rebentar no peito. Ngilina, tu vai morrer. Podia ir para casa, descansar sofrimento. Mas qual manera se o pai comeu todo o dinheiro do lobolo no nthonthontho e no vinho do monhé da vila? Yotatanéé, é melhor não pensar nada.

Naquele dia, quando o marido voltou, a sogra fez queixa. Disse que Ngilina 'stava com um mufana no poço quando ia caretar água. Youé! Aquilo não foi bater não. Os dentes ficou partido. Quase Ngilina queria morrer, faltou mucadiiinho.

Ngilina acordou cedo. Pegou na corda e no machado. Parecia que ia na lenha. O sol encontrou-a no caminho. Chegou no mato andando devagarinho. Subiu no canhoeiro, amarrou corda no ramo e a outra ponta no pescoço. Depois largou-se no ar e ficou a lengalengar.

Morrer é fácil. É mesmo bom. Ngilina dorme o sono de xiluva no meio da selva. Ngilina foi xiluva que murchou.

No mato, os bichos lutam e amam. O choro da rola é choro de verdade mesmo. E todos os outros bichos do mato vão também chorar Ngilina. Ela tem agora o pescoço na corda tesa. Embora os olhos muinto abertos dorme o sono de nunca acabar. Nunca, nunca mais.

Tem pena sim.

Mamanôô. Youé.

Laurinda, tu vai mbunhar

A padaria olha a rua de alcatrão. Esse alcatrão a ferver nos pés nus da Laurinda. Mas Laurinda não sente o sol a derreter no alcatrão, a arder no zinco, a subir da areia vermelha da rua que entra, com seus grãos de ouro e diamante a brilhar, na salada de linhas, cores e odores do subúrbio.

Foi seguindo a rua que, ao rés-do-muro, a Laurinda, nadando contra as ondas da bicha, veio dar no alcatrão.

O alcatrão ferve, Laurinda não o sente. Como querem que ela sinta o alcatrão se a cabeça dela está cheia de pão? O pão rouba força nos joelhos, cega os olhos, gira o juízo da Laurinda.

No balcão, uma onda incha, cresce, vem bater no peito da Laurinda. Depois, outra onda, e outra, e outra, outra... O balcão fugindo para longe. Na onda seguinte, quase Laurinda queria naufragar. Agarrou numa tábua – a anca da mulher a quem seguia – e seguiu o dorso da onda.

Os mufanas tentam entrar na cabeça da bicha. E, quando isso acontece, bicho que é, a bicha fica a mexer o corpo como a maria-café.

As mamanas gritam:

– Anga kone! Anga kone, la!

Os olhos da Laurinda procuram “milícias”. Onde 'stão? O serviço deles afinal é qual? Ahã! São 'sperto: chega parece qu'stá ver bicha. Vai no balcão, enche saco com pão, vai mbora a rir com olho, porque tu que durmiu na bicha é mamparra. É bom assim? É bom mesmo? Onde tem unidade? Onde tem vigilância dele?... Agora 'stá ver?! Não é miliça esse que vai com pão a rir com uma minina? Malandro! Miliça de nditchi só.

A raiva aperta a garganta da Laurinda, sobe na cabeça, desce nos braços. As unhas da Laurinda, cheias de raiva, de novo, como garras de caranguejo, mordem as ancas da outra. A vítima salta de dor, grita, diz coisas sujas. Agora parece vai bater mesmo na Laurinda.

Não tem razão: ela não vê que a bicha é um cortejo de caranguejos enormes, esfomeados, um ao outro agarrados, abatido por ondas? Qualquer caranguejo que não segure é atirado fora do cortejo.

Dito e feito: ela tinha deixado de agarrar para ameaçar a Laurinda mas é a própria Laurinda quem a ampara para não ser cuspida fora da bicha. Foi água no fogo da zanga dela: só então viu que fazia parte de um cortejo de caranguejos.

Já não há ondas. O balcão está longe e a bicha parou. Os caranguejos relaxam as garras. A bicha parou. Anda, bicha. Nem pó! Anda, bicha! Nem sonhar. Quando anda, anda para trás ou para o lado: é assim que andam os caranguejos.

– Está a ver aquela aí? – pergunta a outra.

Laurinda não responde. Os olhos foram para longe. Foram à cuca de quê?

Chegou era de madrugada e as pessoas, vozes no escuro. Deixou o cesto na bicha e afastou-se da fachada para esfregar os dentes com mulala. Viu sombras no muro.

Atrás da padaria, saíram outras sombras, cabeçudas. As sombras trocaram de cabeça. As cabeças pequenas passaram para dentro do muro e as sombras fora do muro, agora com cabeças grandes, vieram para a rua. Laurinda chegou perto: é pão que tem na cabeça. Pão dele não é esse de cem meticagi no mucholoIi?

As sombras com cabeça grande sumiram na esquina. Uma outra sombra, sem cabeça, saiu da padaria.

– É pessoa? – perguntou a sombra.

– Sim, é – respondeu a Laurinda.

– 'spera o quê? Pão?

– Sim, pão.

A sombra pensou um bocado e disse:

– Se quer pode ir com pão, não precisa ir na bicha. É só 'ntender comigo.

Laurinda mordeu o lábio.

– ´Ntender o quê?

– Tu sabe...

– Eu sabe? Sabe o quê?

– Faz-me lá um jeito...

Laurinda mordeu, outra vez, o lábio; desta vez com mais força. Sentiu o sangue na língua. Que o sangue sabia a sal, há muito sabia. Mas misturado com raiva tinha um sabor novo, sabia a merda. Explodiu:

– Sacana! Eu não me vende com pãozinho! Eu não é puta, ouviu? Tem marido, tem filhos, eu. Eu... eu... – batia com a mão no peito – eu não é cadela, ouviu? Você és moluene! Vai-te subir, moluene!

– 'Ntende lá...

– Mbuianguana, coitadinho! Cão sem rabo! Agora qu'stá massar trico quer durmir com mulher de dono. Não tem virgonha!

Em cima da sombra, nasceu uma cabeça humana. A sombra afastou-se, de cabeça baixa, envergonhada.

Laurinda lembra isto com raiva. Quer contar à outra.

Para quê?

Para ela fazer o quê com isso? Não vê que ela também parece não bate cem?

– Estragam o lar dos outros – é a outra, ainda a falar dos "milícias".

Laurinda concorda, ainda pensando no padeiro.

– Eu estava em Combomuni. – Chi, como fala esta mulher! – Os miliças de Combomuni são miliças de verdade mesmo. Bateram Smith. Não são de nditchi, não.

Há uma onda; a bicha anda. Mas anda mil vezes mais devagar do que um cortejo fúnebre. Mas, de qualquer forma, anda. Já é bom. Laurinda não está longe de comprar. Pois, não está longe do balcão. O balcão que é pão.

Anda, bicha! A bicha anda. Anda, bicha! A bicha anda. Vagariiinho, vagariiinho, vagariiinho. Anda, bicha! A bicha anda. Anda, bicha! A bicha anda. Anda, sim; mas logo para. Complica-se.

Os mufanas que já compraram gritam:

– Muta mbunha! Muta mbunha!...

Laurinda, tu vai mbunhar. Tu vai mbunhar! E se mbunhar? Teus filhos não vai comer nada. Eles vai chorar, não sabe tudo é difícil. Tem razão, é pequenos. O Zeca muinto-muinto.

Uma voz sobe:

– Acabou pão!

Laurinda quer cair, Laurinda ficou vazia como saco de pão sem pão. Não tem força nenhuma, não tem cansaço, nada lhe dói, nada quer a não ser uma parede, uma árvore para se encostar. E ficar.

– Vô hemba, amahelanga. Amahelanga!

Vejam, afinal é mentira! Ainda tem pão!

Pão! Pão! Pão!...

No coração da Laurinda, a esperança renasce tipo rebento de lhongue nas cinzas da queimada regadas pela cacimba.

Laurinda tem o cesto debaixo do braço. O cesto pesa. Está cheio de pão. Será mesmo pão? Pão vindo donde? Cheia de pão é cabeça dela. O seu coração grita: Pão! Pão! Pão... Um grito calado, que seca a garganta, gera estrelas nos olhos, racha a cabeça.

Será que agora a bicha anda? É a bicha que anda ou a cabeça dela que gira? É a bicha que andou. Nos olhos da Laurinda já não há estrelas, há bicha, o balcão que é pão.

A voz sobe de novo:

– Todos estão a ver!

E sacode o saco no ar.

O pão vai cabar mesmo. Laurinda, tu vai mbunhar. Tu vai mbunhar, Laurinda.

E se mbunhar? Hiúúú! E se mbunhar?

Agora, as ondas batem de todos os lados. Os caranguejos, com seus braços de alicate, agarram-se anca a anca. Porém, há um caranguejo já sem força para agarrar. Cede. É atirado para um canto: é a Laurinda.

Agora nenhum caranguejo segura o outro. Todos estendem os braços para o vendedor.

– Vou dar quem? Eu! Eu! Eu! Eu! Eu! Eu! Eu!...

Todos gritam. A Laurinda não grita. Com alívio, encosta-se na parede. Está na margem, onde as ondas não batem. Mas os olhos pedem; o mesmo grito calado, profundo: Pão... Pão... Pão...

– Vou dar quem?

Os olhos do homem são xindjendjendje que voa e poisa de rosto em rosto. Agora chega à Laurinda. O rosto dela é um ramo com nembo. O peito do xindjendjendje fica preso na seiva do nembo da Laurinda. Bate as asas, bate, bate. Debalde.

O homem do balcão chama-a. Ela quer tirar o dinheiro da ponta da capulana. As mãos tremem-lhe e o dinheiro cai. Dezenas de braços ficam no ar tipo monumento. O vendedor, não dá conta. Domado pelo feitiço daqueles olhos, o rapaz do balcão puxa num único cesto.

Laurinda não mbunhou o pão.

Nyeleti

Olhai, por exemplo, uma papaieira. No fundo do quadro, uma palhota. No meio, a cinza de uma lareira que, há muito, esfriou – seu dono errou.

A papaieira guarda, com garra, do assédio dos psindjendjendje, duas papaias, muito maduras, réplica exacta de dois seios suculentos, susceptíveis de cair à próxima, à mais ínfima, à mais remota carícia do vento.

Nyeleti guardava para Foliche, o mais velho filho de Mahomo, seu corpo xonguile, de se partir e se juntar no seu andar de antílope. Foliche, voltaria, um dia, feito magaíça.

De Foliche, das suas malas e fardos de gaíça, o pai da Nyeleti queria fato e gravata, sapatos e "hop-stick". Dele viria o mucume, o lenço para a Mabana, a mãe da Nyeleti, a nkeka e o frasco de rapé para a velha Magugu, mãe do pai da Nyeleti. O centro da roda dos madoda, no dia do lobolo, queria também de Foliche, fora do relógio de brilhar como sol, do anel de ouro, dos brincos pequeninos parece gotas de orvalho, da roupa de valor, roupa fina cheia de rendas, isto para a Nyeleti; fora do dinheiro, notas vermelhas espalhadas na esteira, viria o garrafão de mulemela, cheio de sope, o vinho branco.

Por isso, mufana Foliche foi na leva de contratados. Engajou a mocidade na Wenela. Cheio, de coragem, é verdade, mas sem poder iludir a saudade, nem a lembrança das lágrimas dela, na hora da despedida.

Os olhos doces da Nyeleti, o fogo a arder no peito, na raiz de dois seios bicudos e rijos parece rebentos de lhonguê, as ancas suaves onde, cobiçosos, encalhavam olhos de homens velhos e novos, o útero cada vez mais fértil cada vez que a Lua vinha partida, esperavam Foliche, o mafundadjoni, como a terra fértil espera a chuva.

Meiga que nem rola, o corpo requebrado nos passos, a mais xonguile da terra, ela fazia furor nos homens – muitos ficavam--se pelo silenciar da dor, do desejo que mbanguiava o juízo, que sufocava, que, pouco a pouco, matava – e, às mulheres, inveja.

Para os que se atreviam no engate, Nyeleti era mesmo uma estrela que brilha, uma luz perdida no escuro horizonte da noite, que chama, que diz estar perto a casa que nos dará asilo, que, no entanto, ilude: anda-se, pede-se mais às pernas, o chão oscila nos pés, a luz treme pertinho, o chão desce torto. A luz desaparece, foge, para a esquerda. O chão sobe. A luz está à direita. Treme agora tão longe como no início. E há o zombo dos pirilampos simulando, na escuridão da mata, cidades breves como o amor dos pássaros. O viajante seguirá o pirilampo e, mais tarde, ao dar conta do engano, estará mais afastado do que no começo. E, com novo alento, buscará a luz almejada. Porém, é vã a esperança que o anima: a luz brilhará sempre no fundo da noite, inalcançável.

Do sorriso que se rasgava como a noite parindo a madrugada, desses lábios rubros de mulala e dos dentes brancos parece farinha de milho, o "não" saía do mesmo modo que o cair da chuva de um céu sem nuvens. Era coisa que doía, que esmagava.

Quer dizer, os rapazes viam a água, a sede aguçava, mas, de tão profundo o poço, não chegavam ao precioso líquido, e, vencidos, caíam de sede. Era a Nyeleti a água que matava de sede.

Malatana, foi o único. Ou quase. Jovem pastor, herói das lutas entre pastores, escondido nas micaias, um dia surpreendeu Nyeleti num pequeno lago.

Nyeleti, do jeito que tinha vindo ao mundo, brincava na água como os patos dos Céus que, uma vez por ano, descem das alturas para amansar a fúria dos deuses do Nkomáti. Tinha na testa a cor de cobre do sol da tarde e, no corpo, o mesmo vigor, a mesma seiva das massaleiras depois da primeira chuva. Seu corpo era xiphatiphati, espelhos que as folhas das mandioqueiras levam à cacimba na frescura da manhã.

O rapaz recolheu no peito a magia daquele corpo, e desde aí adeus sono, adeus o sossego da alma.

Todos os dias a espionava nos banhos da dita lagoa como no regresso do poço. Nyeleti levava na cabeça a bilha de barro cozido; no pescoço de gazela, o colar de missangas vermelhas incendiando as faces.

Depois, ganhou coragem: passou a esperá-la no poço, ajudava-a a levantar a bilha, a pôr na cabeça.

Um dia, Malatana ganhou coragem: falou-lhe de amor. Nyeleti falava de Foliche.

– Eu te gosta muinto, Nyeleti – insistia. – Posso também ir no mugodini, vir com lobolo, com gramafone, com fogão e petróleo para você descansar lenha; vou te construir uma casa grande de pedra com zinco de descer chuva no tambor, para você ter água em casa e não mais precisar de vir no poço...

Nyeleti deixava que, ao dizer aquilo, ele lhe pegasse a mão. O coração ia longe, ia buscar a casa grande de pedra, caiada: em frente da casa, ela costurava, colocava botões na roupa de Malatana. As galinhas enchiam a casa. Eram galinhas mesmo, é verdade, mas tinham a elegância e o esplendor dos pavões. Caju vermelho e amarelo aceso na quinta, flâmulas de uma festa vivida na imaginação, que a fazia sentir-se uma grande patroa...

Mas era um sonho, uma nuvem que mal passava ela lembrava-se de Foliche, e forçava Malatana largar-lhe a mão e, com os olhos perdidos longe, nas micaias, dizia:

– Não, não posso.

Malatana sumiu das vistas de todos. Correram rumores. Alguém, não se sabe quem, vira o rapaz, de madrugada, no Nkomáti, abeirando-se das águas.

Os pescadores deixaram, na areia branca, as redes de pesca. Barcos a motor, a vela, canoas, toscas jangadas de chanfuta, fizeram-se à água.

Remaram até ao fim dos afluentes do rio, foram até onde o Nkomáti entrava no céu, navegaram no Sol e na Lua. Em vão: nenhuns olhos de vidro, nenhum corpo escuro e balofo servindo de alimento à magumba, peixe que tomava o rio por mar, na ilusão do sabor salgado da maré.

Alguém, outro alguém, nunca se sabe quem, vira o Malatana no mato branco de cacimba, com uma corda na mão, à coca do mais rasteiro ramo de canhueiro.

Então, os locais ofenderam a intimidade da floresta, caminharam sobre tumbas seculares, pisaram potes e arcaicas azagaias, acordaram roliças jiboias, venenosas mambas, terríveis serpentes de pluma no centro da cabeça, interrogaram macacos e manguços, ou seja, tudo vasculharam. Nada. As árvores, abanando ao vento, proclamavam inocência.

Posto de lado o caso, voltaram às águas tanto doce, do Nkomáti, como salgada, do mar da Macaneta, almadias e redes de pesca; catanas, machados e armadilhas, à savana; os arados, ao solo.

Nas machambas, a maçaroca nascia filas de dentes e deitava cabelo loiro; as abóboras jaziam, gordas e doiradas a lembrar grandes pepitas de ouro; a mandioca rasgava a terra, a mesma terra que dava força aos seus músculos.

Partiram para longe as rolas, para o fundo da mata, para as figueiras. Chocariam os ovos, voltariam no amadurecer das espigas.

Há um tempo, o tempo da terra ciosa de chuva, tempo do pássaro que anuncia:

"A-ma-ca-djôôô!..."

E, num sopro a morrer lentamente:

"Djooou..."

Acontece que, nesse ano, no lugar do anúncio de caju, um assobio fino, triste de ferir na mais empedernida das almas, soava mais alto que o canto das codornizes, no silêncio dos campos que entravam na noite. Como chegada sorrateira de um difuso navio, envolto na bruma, a um porto sem vida, um lugar repleto de sombras mortas de guindastes imóveis, era o modo de como os campos, na tristeza desse assobiar, entravam na noite.

Ninguém sabia de onde vinha. Parecia um pássaro a cantar na mafurreira próxima. Ia-se à mafurreira. O assobio estava, agora, na mangueira. Chega-se à mangueira. Já é no canhoeiro, depois na massaleira, nas tranças das mbunguas, cada vez para lá, no rubro dos mahimbis, e mesmo nos rasteiros arbustos de mampsincha, ou até muito longe, nos picos das micaias, nas lianas do mato fechado.

O certo é que o som vinha tanto do nascente como do poente, com a brisa do Nkoloane, a norte, com o fumo doce da Maragra, mais a sul, e brotava inclusive do chão donde o vento dissipara então as derradeiras pegadas do sumido:

"Ma-la-ta-nôôô! Ma-la-ta-nôôô!..."

Lamentava, afinal, o rapaz que morreu de amor.

Também as rãs acolhiam as noites com rezas, em cacofonia, ressoando na membrana líquida daquela mesma lagoa onde Malatana surpreendera Nyeleti. Nos pântanos, crescia o peixe-preto, esse peixe que, no espeto, diante da brasa, conserva a dignidade do seu bigode, mesmo com o sal e o piripiri esperando de lado.

E os dias iam, traziam as noites e vinham, cada hoje o recomeço de ontem.

Mas no nascer-morrer igual do Sol, há o acontecer de massinguita: Malatana reaparece.

Bebia-se sumo de melancia. Chegou como só chegam os fantasmas, pela oblíqua porta da madrugada, palito, dois pirilampos no lugar dos olhos, a descuidada barba dum Jesus Cristo boémio, para além de tardio.

Longe do mundo, junto dos bichos, do xuaxualhar das chanfutas, do rumorejar dos regatos, o envelhecido Malatana construiu uma cabana.

Aos curiosos que foram ter com ele para saudar, construiu de si próprio uma lenda. Tinha estado em tudo o que é terra, errando até ao outro lado do mundo. Juro xicuembo palavra d´ora sinceramente, dizia ele, roubando a expressão ao finado cantor Alberto Mandlaze, o qual fora ali de todos conhecido e admirado. Havia cruzado o rio Maputo, tinha visto Xivimbatlelo, chegara a Mananga, lugar onde o mundo acaba e recomeça.

O próprio não dizia os porquês dessa grandiosa peregrinação, mas, o povão, que sabia do fado dele, logo se bisbilhotou que Malatana visitara os mais poderosos nyangas, em busca da raiz que viraria o coração da Nyeleti.

Se tinha conseguido o feitiço do amor? Os acontecimentos

falam por si: Nyeleti trocou a esperança de confortáveis cobertores, dos perfumes, do pão grande parece almofada, das coisas boas do "País do Rand", do lobolo que os pais aguardavam de Foliche pela tosca cabana de Malatana, no meio da selva.

Então, o Diabo começou a andar no ar, o qual ficou pesado:

– E agora? O que vai ser?...

A esta inquietante pergunta, a resposta não tardou. Numa certa manhã, Foliche desembarcou do comboio da Manhiça. Se notícia grave não dorme. Se já ele sabia de tudo, antes mesmo de pôr o pé na calçada da mítica Estação de Vila Luisa de Marracuene, também a chegada dele andou na boca de todos. Parecia um anjo caído do céu. Com uma diferença: os anjos não usam navalhas.

Foliche, vivido na turbulência do Joni, trazia no sangue a raiva de um tsotsi e mataria, sem dúvida, o rival.

Malatana, por seu turno, temperado nas suas obscuras andanças, não se intimidou. Afiou a azagaia, nas calmas, como quem junta uma a uma as missangas dum colar por enfiar no pescoço de um tigre.

E eis que quando, nos passos leves de felinos, os dois se enfrentavam, se elevou na selva um fio de fumo, duma escuridão jamais vista.

A tarde, de cobre ardente, ficou a mais rubra; o crepúsculo, virou noite. Um raio e logo um ribombo de trovão. Todos no povoado de Nguelana perderiam desde então a audição. Uma lágrima, uma grande lágrima, desceu do céu e cobriu a terra.

O amanhecer surpreendeu o milagre de um verde rebento no chão de brasas. Hoje, Nyeleti é massinguita de um cacto a crescer na cinza do que foi a cabana de Malatana.

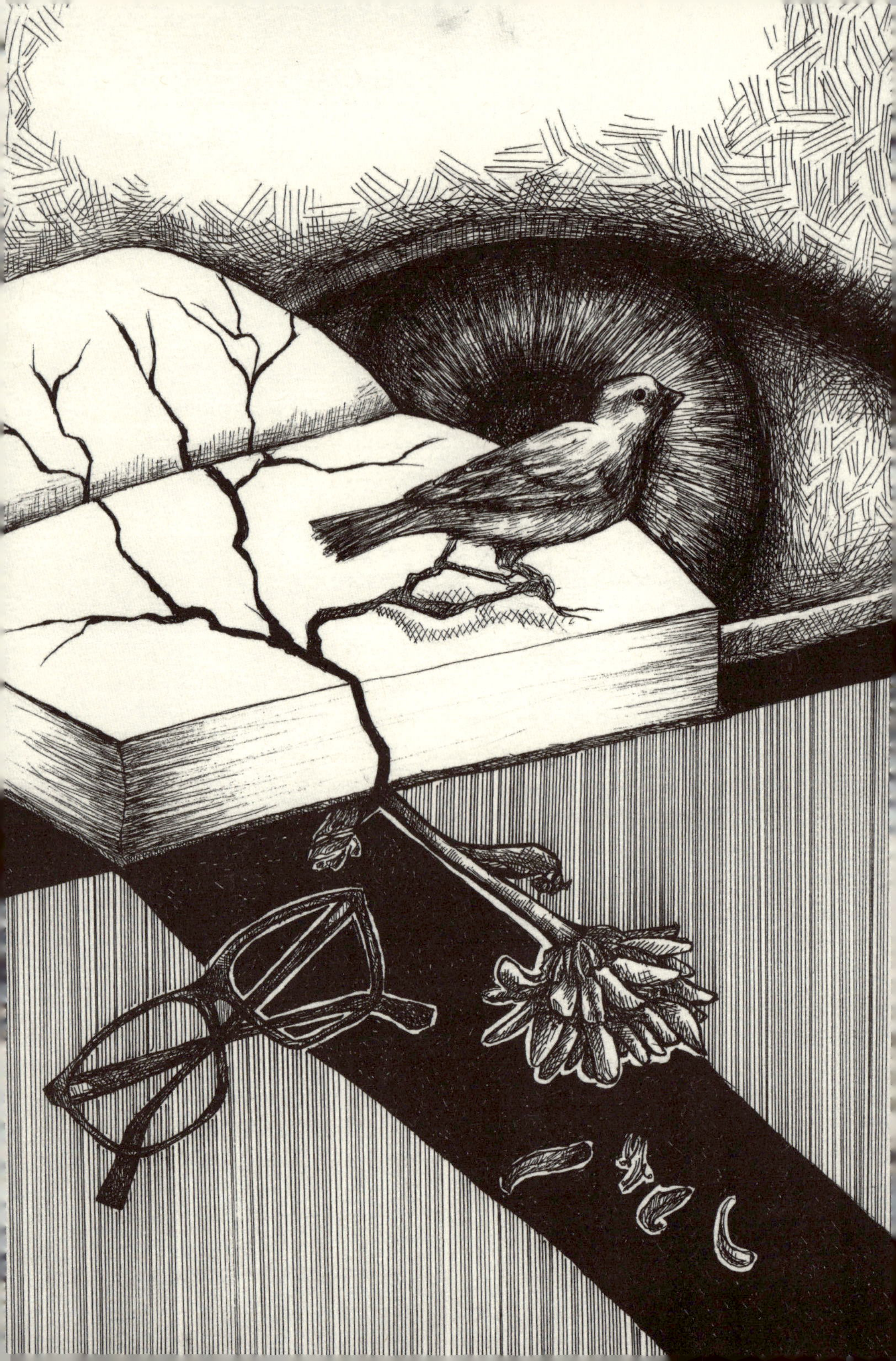

Madalena, xiluva do meu coração

Olhando dentro de mim, ainda vejo Madalena, os seios bicudos, o sorriso rasgado nos lábios rubros de mulala, a mostrar dentes brancos como farinha de milho, e aqueles olhos grandes a olhar não sei como... olhos fundos nesse azul do céu abraçando o Índico. E, das águas do Índico um Sol nascia e vinha encontrar no meu peito um poente seguro e ávido.

De Madalena, do feitiço dos olhos de Madalena, se abriram as primeiras pétalas deste coração.

Conheci muitos olhos, dedos macios de unhas envernizadas, dedos de bater na máquina de escrever. Os dedos da Madalena duros era da enxada, mas a única vez que me tocaram um pouco só, virei para-raio de uma electricidade que me arrebatou a infância.

Mas era ainda minino, Madalena. Onde encontraria as palavras certas, o nome da flor acesa no meu peito?

Deixei o hino dos psindjendjendje nos capinzais, o florir dos cajuais, a música da chuva na palha da palhota, os dias cheios de Sol, as noites de nkenguelékezé e lendas de xitukulumukhumbas.

Mas cedo procurei-te na Lua esquecida no alto das casas altas, por gente cruzando ruas debaixo da luz eléctrica, numerosa e solitária.

Na Lua encontro-te naquele dia do ntumbeleluana, escondidos, abraçados, o teu coração a bater no meu peito, tão grande e tão quente. Alguém xuaxualhou no capim e gritou:

– Gungu!

Que pena: foi tão pouco!...

Parti, Madalena. Os teus olhos não me retiveram. Não ataram minhas pernas. É verdade. Eu parti. Porém, depois de tanto tempo, percebo: como passarinho que foi pegado no nembo o meu coração ficou nos teus olhos.

Houve outros olhos, repito. O perder a cabeça no que é novo. Mas nenhum outro Sol teve neste peito poente seguro.

O último dia, lembras-te? Foi na estação. Chegaste, o comboio prestes a partir.

– Vai, não é? Não fica, porquê?

E logo o pedido virou crítica:

– Quer 'studar até onde? Não chega? Quer ser como os branco? Vai... vai...

Só isto! Sim, falaste pouco. O resto ficou para os olhos.

– É manghunguê – passaste-me um embrulho: batata-doce assada, banana, garrafa de água e uma flor silvestre.

Foi pena: quando me juntei à janela para te dizer adeus, o vento me arrancou a flor e, no corredor, o revisor pisou-a.

Ainda te vi correndo ao lado da carruagem, o lenço no vento, ferindo teus dedos pequenos, tão lindos, nas pedras. Quando o comboio voltou a parar, em Maciana, eu não vi Maciana, nem o fumo da Maragra com o seu cheiro a melaço: estavas ainda parada nos meus olhos, as mãos nas ancas, sem querer sair. Até hoje!

Eu era minino, Madalena. Teria jogado fora os livros.

Não imagina como me doeu aquela flor pisada. Mas há outra que não murchou e ainda dói mais: a que floriste no meu peito.

Você me esquenceu por causa das mininas pintadas de Maputo, acusas-me, na tua carta.

Eu juro, Madalena: com elas tudo foi vazio. Para mim só o teu corpo quente no ntumbeleluana. Na minha memória ressoa ainda o apito do comboio – que nunca o soubera tão triste – que nos separou.

A tua carta veio com o Mundau. Recordo que o Mundau não me dava massala, não me deixava subir na bicicleta dele, khenhava-me no dois-muda-campo-quatro-ganha, tudo porque ele te queria e tu me querias. E entregaste-lhe a carta, para feri-lo ainda mais?

Sempre me sento à mesa para te responder, mas fico não sei quanto tempo, a falar contigo dentro de mim, o papel liso e vazio. Inútil.

Não pregunta como eu sabe 'screver: 'studa lifabetização... Choveu chuva. Eu fez machamba grande. Os filhos do milho já tem cabelos como do branco. O milho é comprido. Você não me vês na machamba. A maçaroca mais grande vou te guardar. Vai vir quando? As pessoa diz porque você não casa? O Juse, aquele Tchali, todos casaram. Só você. Não é que eu quer. Eu já não serve para você que cresceu na cidade e ´studou muinto. Mas sabe como eu te gosta meu minino...

Que posso dizer, Madalena? Não encontro resposta. É que, sabes, eu sou duas pessoas ao mesmo tempo. Sou a pessoa que estudava para ser alguém, que já não quer ser Fabião. Fabião?!... Hoje é o Neves; está atrás dos óculos e nem a mão te apertaria. Se o faz, olhava antes para todos os lados...

O Neves aprendeu às pressas a amarrar gravata, a comer a garfo e faca, a usar autoclismo...

Poderia até casar contigo, Madalena. Mas como te aceitariam os amigos do doutor Neves, tu, uma inculta? Ridículo!

Mas há o outro, é o Fabião, xiluva do teu coração. Ainda

existe. Pensa em ti, na nossa gente, nas nossas coisas, na nossa terra. Claro, estudar é necessário.

Fabião busca nos livros o saber para forjar o ferro da tua enxada, o cobre para as tuas pulseiras de Nhancuave, teu nome de criança que vem dos avôs-dos-avôs, para fazer o teu sabão, o pente e sapatos para pôr e vir no Xilunguini.

– Meus dedos 'spalhados vai furar sapatos – parece-me ouvir-te a dizer, brincalhona, no teu riso de fakalamba.

Fabião sonha escrever. No papel erguer o sol que ilumine a nossa terra embalada no ritmo do teu pilão; os passarinhos das cores das missangas do teu colar a cantarem para ti nos caminhos da aurora repartida nas gotas de cacimba.

E quando é que chego a Calanga? Não sei. Os caminhos estão difíceis. O Neves não arriscaria. Mas se a chuva volta a cair, há esperança de dias de celeiros fartos e paz em cada Lua.

E o Fabião casará contigo? Como, com o Neves a barrar? Sou os dois ao mesmo tempo. Não guarde rancor. Serás – juro xicuembo xihanhaca, Deus nosso que está no Céu – sempre serás a flor deste coração. Sempre. Adeus não te digo, Madalena. Meu peito é tua morada.

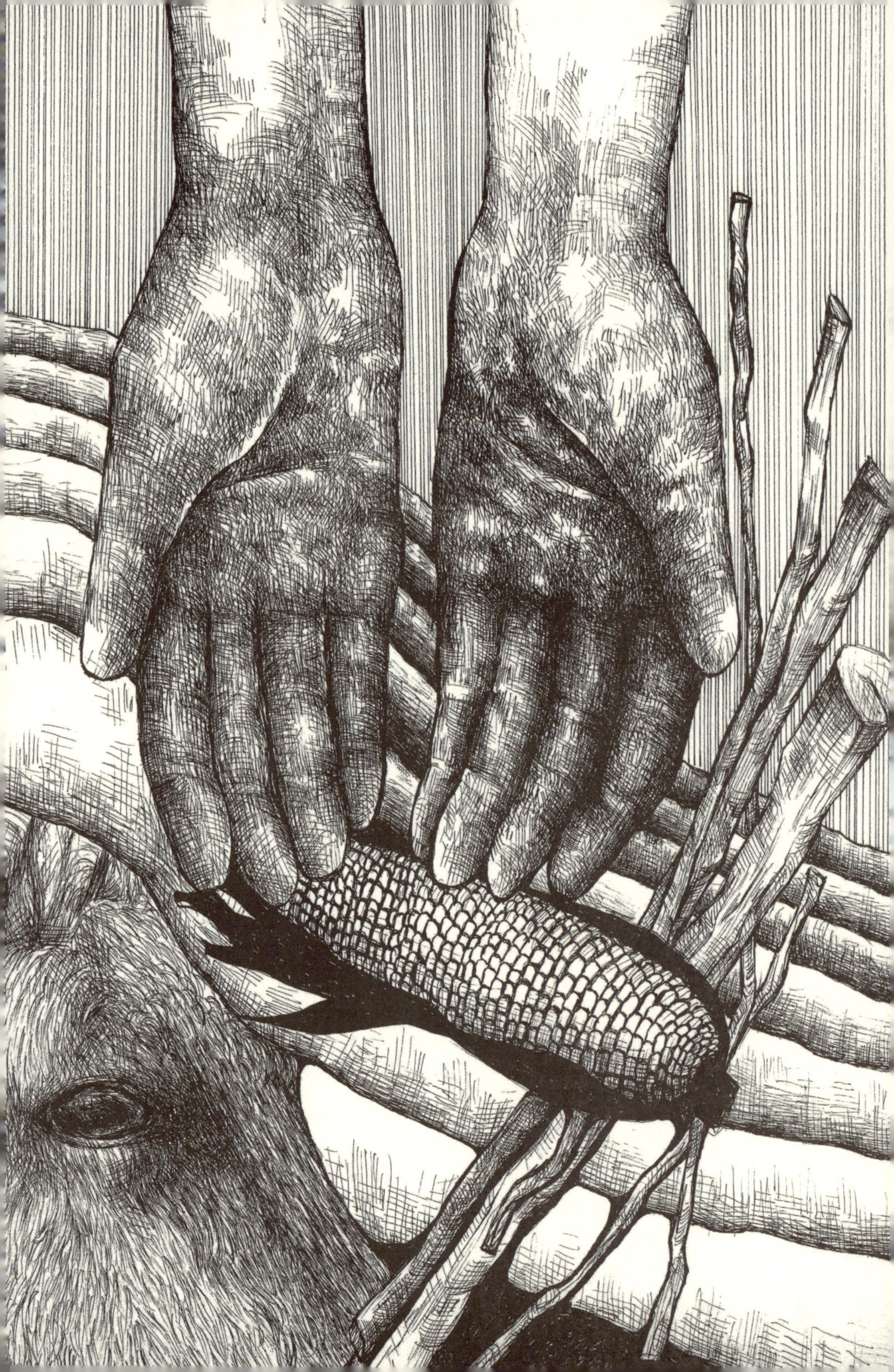

As mãos da vida

Quem antes o vira passar, no seu passo trôpego, não julgaria tratar-se do mesmo burro. Fora sempre fantástica a visão da engrenagem dos ossos, tenaz como se de aço fosse, debaixo da pele coçada. A cada passo rangia; os músculos, correias dessa engrenagem, dilatavam e vibravam; a baba escorria pelos beiços. A carroça, carregadíssima, lá ia, ora no pó, ora na lama, no asfalto ou no areal, ao sol e à chuva, rolando, rolando, rolando.

Agora, porém, livre da carga de sempre, marchava altivo, a cabeça erguida, com a dignidade muitas vezes sonegada aos burros.

Na rua, a multidão afastava-se para deixá-lo passar. Nos quintais de caniço e de zinco podre, via-se uma mulher de capulanas arregaçadas, as pernas em V invertido. O mijo morno e a água suja desciam a ruela e o mau cheiro subia na atmosfera de telhados de chapa e lona fulgindo ao sol.

Os miúdos, brincando ou nas bichas junto às cooperativas, gritavam ao ver o burro passar no seu passo agora pedante:

– A mbongolo! A mbongolo!...

Na carroça, o velho Djimo sorria. Era conhecido em todo o Chamanculo. O sorriso largo incendiava a lama dos olhos pequenos e fundos e escorria pelo bigode cor de cinza: daqueles bigodes que lembram os grandes bodes emanando um cheiro peculiar. Ia com o braço no ar acenando, enquanto a carroça rolava, rolava e rolava.

O burro notou, não sem surpresa, que seguiam um rumo novo. Habitualmente, àquela hora, esperavam o comboio de carga, o nwa-psidjumba. De Missavene ou de Mavalane, saíam para vários destinos: Laulane, Coumponi e Polana-Caniço, a noroeste; Hulene, a norte; Nhagoia e Jardim, a nordeste; Xipamanine, Chamanculo, Mafalala e Maxaquene, mais para sul. Atravessavam a cidade de caniço, até ao Alto-Maé e Malanga, com fardos de mboa, ncancana, nhangana, dledlele e mathapa, vendidos aos montinhos, à porta do quintal, a lenha e o carvão cada vez mais raros e caros.

E, por todas essas paragens, o alvoroço da miudagem assinalava a passagem do burro:

– A mbongolo! A mbongolo!...

Muitas vezes, o burro nem tinha capim para o almoço!

Os tchova xita duma começavam então a surgir, a proliferar, a concorrência aumentava.

Disputando o asfalto aos veículos motorizados foi descendo a Karl Marx. No sinal vermelho, o velho Djimo assobiou e o burro, obediente, parou.

Com os olhos no sinal, o velho via dentro de si mesmo. Viu a mulher, seca e murcha, mas sólida apesar dos anos, enchendo a casa com a sua presença, resmungando por isto e aquilo, atarefando-se aqui e acolá.

– Estou cansada da cidade, Pai do Juse – repetia ela. – Quantas vezes eu te disse? Quantas? Não é como no tempo em que vendias tripas...

E o velho recorda com saudade esses tempos:

– A mbongolo! ya marhumbo! A mbongolo! ya marhumbo!...

E a carroça rolava, parava, e ele vendia:

– Faltam dez de dobrada...

– Fica p´ra amanhã.

E ele não contestava, confiava na palavra do freguês. Tocava no quadrúpede com o chicote e prosseguia.

– Agora está tudo difícil. É carvão, é comida, tudo! Até folhas murchas são dinheiro. Voltemos para a terra Pai do Juse...

O semáforo abriu, os carros buzinavam, os condutores gritavam, os olhos quase a saltarem de fúria.

O velho deu um bom tau-tau no burro, o qual arrancou, brusco, quase atirando com o dono ao chão. Mais exactamente, para o taipal da carroça vazia. Esta, foi rolando, rolando e rolando.

Djimo saltou do selim feito de trapos. Deu-lhe um baque na coluna. Ruminou a dor, por uns longos minutos, dizendo consigo: julgas que ainda és um rapaz. E amarrou a besta à sombra duma acácia, ainda a falar sozinho: se vai restar algo de Lourenço Marques, são estas árvores.

Ajeitou o fato. Cheirava a cânfora. Havia trinta e três anos bem guardadinho no baú. Recordava-lhe o seu casamento, na terra. Essa mesma terra, a saudosa terra de Liqueleva, que o veria agora de regresso. A mulher nem tinha razão: lá também agora já era cidade. Seja como for, não voltava de mãos vazias: comprava uma charrua, com as economias de anos e anos de venda de tripa. Pela primeira vez, o velho Djimo olhou o burro com compaixão.

– Já demos no duro – afagou-lhe o lombo. – Agora, estamos velhos.

O burro, os olhos húmidos, abanou a cauda. O Djimo era capaz de perceber-lhe os pensamentos. Um duro passado chegava agora ao fim. Ou, pelo menos, o sofrimento mudava de ares. Pois, o futuro não seria melhor nem pior do que o passado: apenas árduo, pesado, um futuro de burro. Uma vez burro, sempre burro. Ou não era assim? Nunca nenhum burro ousara lançar um zurro de revolta. O zurro apenas marca o dina. De animal de carga – se é que ainda resta por lá terra para cultivo – passaria a burro de charrua.

Essa charrua que retardara o regresso a Liqueleva.

– Mesmo sem charrua, Pai do Juse, voltemos. De fome, não vamos morrer.

Embora impulsiva, no fundo, naquele peito onde os seios haviam murchado, a Jandina escondia um coração tão grande e tão puro como a Lua cheia nas noites de cacimba, um coração de escorrer mel no momento próprio.

O velho Djimo pensava na mulher quando chamaram a sua chapa.

– Quanto é?

– Centi-vinti...

Hábil, o caixa contou cento e vinte notas de mil, novinhas em folha. Com os dedos a tremer, o velho enfiou os maços no casaco, dirigiu-se à porta giratória e saiu.

Foi então que aquilo aconteceu... E por causa daquilo, como bêbado de mbangui, apagado o lume na cinza dos olhos fundos, viu-se de novo montado, e sem mais reparar no trânsito, se foi deixando conduzir pelo burro.

Os miúdos gritavam:

– A mbongolo! A mbongolo!

Ou seja, lá vai o burro! Lá vai o burro! Lá vai o burro!

E os mais trocistas:

– A ti mbongolo! A ti mbongolo!

Dizendo com aquilo: Lá vão os burros! Lá vão os burros! Lá vão os burros!

Difícil é explicar como, ileso, a trote, sem norte, o animal foi cruzando avenidas, ruas, bairros, seguindo atalhos. Já a noite tinha caído quando tomou o caminho certo.

Ao chegar a casa, o velho pediu água. Bebeu como um boi e pediu mais. O líquido pingava do bigode, gota a gota, a cabeça poisada na mesa, fechados os olhos.

Perdi tudo, mulher – disse por fim. – Não teremos nada... nada mesmo...

– Tudo o quê?

– Eu conto-te... Agora não...

– Conta-me – pediu a Jandina, afagando-lhe a cabeça.

Ele começou a narrar, devagar.

Eram dois homens, de casaco e gravata. Quem diria que não eram do Banco? Gritaram:

– Eh! Para aí!

Parou.

– O teu cheque não está em ordem.

O cheque? Não estava em ordem? Ficou atrapalhado, o chão tremeu. O chão ou ele?

– Dá cá o dinheiro! Boquiaberto, passou-lhes o maço de notas.

– Siga-nos.

Seguiu-lhes.

– Aguarde aqui! Vamos resolver com o gerente. E foram-se embora.

Pouco depois, uma luz vermelha no cérebro. Todo ele suado, foi ao balcão gaguejar uma pergunta.

– Como eram eles? – retorquiu o funcionário.

O velho descreveu os tipos.

– Não, não são do Banco. Foste roubado, madala, foste roubado!

– Mas entraram assim!...

– É isso: saíram doutro lado.

Deitaram-se. A Jandina não disse nem uma palavra.

Madrugou, varreu a casa, arrumou. Encheu de roupa, uma mala, de loiça um cesto e de utensílios, um saco.

– Pai do Juse.

– Hiiimm...

– Acorda. Já pus água. Despacha-te. Temos de partir antes do sol.

O velho olhou-a com surpresa.

– Levamos pouca coisa. Voltaremos, para o resto.

– Jandina...

– Mas...

– Jandina de quê?

– Escuta, Jandina...

– Já sei o que vais dizer – disse numa voz decidida. – Não se fala mais da charrua. Ainda tenho mãos, Pai do Juse. Não vamos morrer de fome enquanto as tiver. Estas mãos.

O velho Djimo olhou para as mãos da mulher: as palmas duras pelo trabalho e pelo tempo, mãos de amor, mãos do milho, mãos da vida. Vencera.

A princípio, o burro estranhou o rumo. Mas cedo farejou mundos verdes onde não só teria capim para o almoço, mas também para o mata-bicho e jantar. Até para o lanche!

O funeral do Bobi

Bobi está ainda fresco debaixo da terra. Com os olhos na cruz de bambu, miúdo José, pelas asas da memória, volta àquele dia em que a avó chamou:

– Juseéé!

– Cocuaáá!

Contrariado, abandonou a construção do carro de arame com rodas de xirhangabuana, um bolbo das terras áridas, e lá foi a correr.

A velha, mãe da mãe do José, desatou o nó da nkeka.

– Vá comprar um quilo de sal – disse entregando uma moeda ao neto.

Para dissipar o desagrado no rosto do miúdo, acrescentou:

– O troco compre rebuçados. Volte já. Saliva não seque!

Miúdo José, alegria de rebuçados nos olhos, sumiu-se pelos caminhos guiando xinguerenguere cujo ruído imitava o concerto das cigarras nas madrugadas quentes.

Na varanda do Khadir, cantina de grande movimento, dois velhos comentavam o tempo:

– Vai chover.

– Será ano de boa colheita.

José passou entre eles, veloz como uma andorinha. Respirando com força por causa da corrida, botou a moeda suada no balcão.

– Cocua... cocua... co... cuana mandou-me sal. E rebuçados!

Porque o monhé era mesmo bom, não fazia canganhiça, a

gente da Manhiça fazia ali as compras do findimês.

Parando com a ponta dos dedos, o nariz no balcão, José pôs-se a contar as prateleiras bem recheadas. Havia o habitual cheiro fermentado que era da madeira húmida.

Aos dez rebuçados, o Khadir acrescentou dois de bacela. Contente, o miúdo nem sentiu o chuvisco que entretanto começara.

Ia mastigando os doces quando, ao dobrar o muro, viu um cachorro.

O pobrezinho gemia abandonado.

José espiou cada lado, não se via ninguém debaixo daquela chuva miudinha. Limpou ranho com as costas da mão, xinguerenguere a tiracolo, o pacote de sal na camisa larga amarrada no umbigo.

Tocado no coração pequeno só no tamanho, recolheu o cachorro. Embora a humidade do pelo, o cachorro exalava calor.

No peito do José, crescia tal sentimento como o despertar da Lua, pura e cheia, na noite calada de cacimbo.

Chegou molhado; o cachorro a dormir nos seus braços. A avó mexia o caril de amendoim e camarão seco pilado com a colher de pau, na cabana cheia de fumo. Ela olhou o cachorro com uma mistura tranquila de pasmo e desdém.

– Achei-o – apressou-se o neto a justificar.

– É macho?

José ficou atrapalhado, o cachorro rastejando para perto do fogo.

– Aqui não quero cadela. Cadela com cio é uma vergonha.

José se recordou do mukhungakhunga de cães, na cantina cheia de gente. Baixou os olhos.

A avó, levantando a pata traseira, espreitou os fundos do bicho e nada disse: era macho.

– Que nome lhe damos?

– Bobi! – disse prontamente o garoto.

José e Bobi tornaram-se grandes amigos. Já a avó mantinha o cão à distância, severa, de vara na mão, à hora do comer.

Nas noites de chuva, Bobi rodeava a palhota à coca da entrada, gemendo um gemido de fazer pena.

– Cão não é gente – dizia a avó. – Seu lugar é lá fora.

José sofria o sofrimento do amigo. O sono ficava difícil.

De manhã, ao sair da palhota, Bobi corria ao seu encontro. Redemoinhava à sua volta, saltava tentando lamber-lhe a cara. Ele evitava o beijo do bicho enquanto ria e gritava:

– Suca! Suca!

Agarrava as patas fortes e afagava-lhe o pelo. Bobi serenava, concentrado na carícia.

Com o tempo, Bobí ficou um cão forte, de farto pelo macio, da cor das madrugadas cacimbadas.

– Raça deste cão é ximácua – dizia a avó, satisfeita com a sua obediência, sempre longe na hora da comida, até ser chamado. Era o próprio Bobi quem afastava as galinhas das panelas.

Na vila, ladrava para os outros cães e cheirava-lhes o rabo – uma tradição milenar canina. Os meninos gostavam de vê-lo, todo alegre, correndo e saltitando atrás da bola. Era um encanto!

Mas tinha também a mania de correr atrás de carros. Por isso, José passou a evitar levá-lo à vila.

Estavam um dia desses no Khadir jogando matrex, numa mesa que trazia o Benfica e o Porto. José sentiu pelo de animal roçando-lhe as pernas. O Bobi tinha ido atrás dele, à revelia. Desatou a correr, subindo e descendo os degraus da mercearia.

Foi então que passou o Bedford, e, zás, o cão foi no encalço das rodas.

Aconteceram duas coisas: Víctor, um colono que tinha machambas, travou de propósito, enquanto Bobi passava adiante. Em seguida, acelerou. Um ganido intenso e breve foi a terceira coisa. O cachorro não se mexeu mais.

Agarrado àquele, José manchou-se com o sangue quente e abundante do animal. E ninguém desfez o macabro abraço. Sobrepondo-se a todos os outros ruídos da Natureza, o choro do miúdo pairava como aquele vento grave na intimidade das noites de Agosto. Lágrimas e sangue formaram no asfalto caudais dispersos e indecisos.

Naquela tarde, ninguém jogou mais matrex, o futebol, o mundlerere nem o iôiôiô. Todos os miúdos partiram, silenciosos, para o poente.

Era o funeral do Bobi.

José, pobre Pai Natal

Uma mulher, na varanda, espera seu homem.

Quem se recorda de um casal que, numa tarde de um dia distante, chegou montado num burrinho?

Malhangalene era, na altura, de uma geometria de linhas tortas. Proliferavam tendas, tectos de plástico rasgado, coberturas de lona em zinco podre e paredes de caniço. Débeis, toscas barracas no caminho do vento Sul. Lareiras ao relento, ao sol e à chuva.

Terra de gente estranha, gente ganha-pão à custa do próprio suor, gente pacífica. Mas também, Malhangalene de mabandido.

E, diariamente, chegava mais gente. Cada um sua língua, seus costumes. Cada um suas ambições e meios muito pessoais para realizá-las. Cada um, sozinho no seio de tanta gente.

A baba, nos beiços do animal, olhos desmaiados, patas a cambar, indicava que vinham de muito longe.

Nada traziam. Nos bolsos do homem, somente um canivete "okapi", um cachimbo velho e tabaco molhado do suor da viagem.

Com caixas de bolacha "Maria" fizeram uma casota. O zurro do burrinho, debaixo da mafurreira que existia ali perto – agora passa a Rua do Porto –, anunciara o começo de um novo lar.

Os olhos da mulher vigiam a noite: Ah, quem aí vem montado? Não será ele? E vem sem carroça?... Oh, não! É um homem que traz seu filho montado nos ombros...

Dez da noite. Por onde andará? Nunca demorou tanto. A tripa tem saída. Acabada a venda, vem direito. Nunca um bar o desviou, nunca se deixou levar por brilhos inúteis, por trilhos torpes. Teria agora uma amante?...

A mulher entra em casa. Mas um ruído fê-la voltar: é a vizinha que abre o seu portão. A casa dela é o início, ou o fim, da cidade do cimento. Quem pensava que a cidade cresceria assim? Perto não havia fábrica, não tinha sirene. O zurro singelo do burro marcava o dina.

– Ainda de pé, Elisa? – perguntou a vizinha.

– Nõ tem vontade, Senhora. É do José. Nó sei quando vai vir. Tentou dormir, um sonho me deu medo.

– O que é, Elisa?

– Sonhou muinto malo, Senhora.

Ela conta o pesadelo: Levava uma bacia na cabeça e gritava: Ama-rhu-mbo! Ama-rhu-mbo! Ama-rhu-mbo!... Ia a todo o lado e ninguém comprava. Fechavam portas e janelas, fugiam dela. A bacia crescia e pesava na cabeça. Cansada, regressou. Pôs a bacia no chão. Oh, o que ela não viu!

– Em vêgi de tripa, um morto, Senhora. A rir-me com dentes, assim...

– Oh, Meu Deus – exclamou a vizinha, juntando-se ao marido, no carro.

O calhambeque arrancou. Iriam à Missa de Galo?

E ali, quem vinha montado? Não seria o José? Era ele!... E a carroça?...

À luz do candeeiro da esquina, o burro virou cavalo. Lá em cima, na sombra que caía da aba do chapéu, os olhos do cavaleiro eram duas esferas de aço em brasa. Os braços caíam ao longo do corpo, tenazes, metálicos. Mais abaixo, pernas compridas desciam da sela. Eram de carvão brilhante, mas com vigor de ferro.

A mulher não chegou a saber se o bicho que ia ao lado era um cão ou um tigre: entrou logo em casa. Ainda ouviu o galope, a morrer lá longe.

Mas eis que agora algo bate com força. As crianças acordam. Ela sai.

Choca com os olhos do burro. Vai à carroça: com os braços de um Cristo pregado na cruz, José jazia. Tinha olhos esbugalhados, e a barba branca de Pai Natal pintada de escuro sangue.

Foguetes riscavam o céu de Lourenço Marques. Um grito de mulher encheu a meia-noite.

Foi no Natal de 1953.

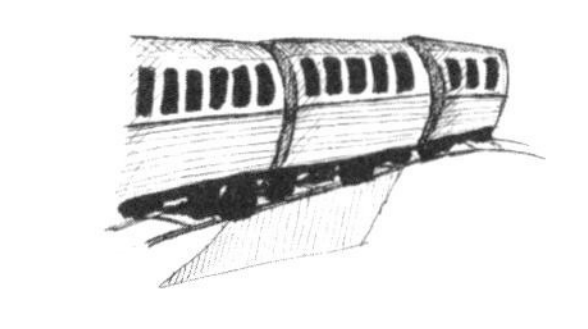

Vovó Velina

Vovó Velina vestia vestido de xicalamidida. Graaande. Quando ficava cheio de vento, parecia pano de barco. Assim navegou ela, manhã inteira, meio Mundo, a perguntar é onde peredo Tavar, aí onde que vive meu filho Arnesto.

Olhavam para ela. Os olhos subiam dos pés à cabeça que levava o cesto; da cabeça, logo fugiam do olhar dela: fixo, parado, uma chama pequenina e assustada lá dentro, bem no fundo. O suor descia pelos sulcos do rosto, dum e doutro lado do nariz amarfanhado, muito pegado ao rosto como um gala-gala no tronco rugoso da mafurreira, com os dois canos cheios de rapé mesmo por cima dos lábios grossos embora murchos.

Agora, os olhos seguiam o suor a descer nas raízes do pescoço parece escorrer de chuva no caule de uma velha figueira. O mucume rodeava o pescoço e fazia duas asas, que desciam até aos dedos dos pés, cada dedo a olhar para o seu lado mas solidários, irmanados, duros e rachados talvez pela dureza dos caminhos ou do frio da madrugada.

E continuavam a estudá-la. Depois, trocavam os olhos parece a dizer não é maluca, não fugiu de "Marracuene"? Nada diziam, metiam os ombros no corpo. E iam.

Vovó Velina, teu filho é um cesto. Arnesto é um grande cesto, um cesto de baki, ndinha; mamparra mesmo.

Mawaco: vive no peredo onde não vai ser 'ncontrado com matsanga, trabalha no Banco, tem óculos parece Datori, com fato e garavata. Mas varrer, lavar, cozinhar, a mulher na varanda, pernas 'stendidas no sol, a pintar unhas, é ser homem mesmo?

Iúúú, mbuianguana, Arnesto, rapaz de juízo, merecia é mulher de juízo também. Porque não casou ele aqui, na Macaneta? Terra de mininas bonita; pilar, pilam; fazer caril de mundle, fazem! Machamba de arroz é com elas. O que é que a vida pede e elas não fazem? Nascer homens cheios de força p'ra o Joni, p'ra Xilunguini ou mesmo p'ra o Nkomáti é com elas também. Porque foi ele então casar com preguiçosa de mulher, pintada parece gala-gala, que não nasce filho? Não viu as mininas da terra quando 'stá rir parece muintos ferro de guereja a bater na manhã xonguile de domingo, a boca parece xiluva por causa da mulala? Não viu porque tem muinto 'studo, por causa que elas tem dedos 'spalhado que nem sapato entrar não entra, pés cheios de matope?... Bonfeito: ncontrou mulher com olho aberto, engrafou ele, ficou 'scravo dela...

Assim falam as mamanas da terra ao voltar de Xilunguini. Vovó Velina agarra teu coração. Fecha orelhas, senão vai perder cabeça com gente.

Mas pode, com essas falas todas, o coração calar mesmo? Só boca ficou fechada, o coração falava, de noite muinto-muinto. Era verdade, era assim mesmo, Arnesto? Arnesto, meu filho, tu não pode ser feito xithombe, fotografia de colar no papel. Deve é ser homem mesmo, como teu pai. No Joni, ele torcia o pescoço dos tsotsi. Eu criou você com sofrimento. Teu pai, Malaitchi, deixou você aqui na barriga. Eu era minina mesmo, nem as mama tinha caído. Malaitchi nunca mais deixou esse caminho do mugodini. Era ir, vir-ir, vir-ir...

Eu criou você com este peito que aoje murchou, com estas mãos duras de enxada. Ia na noite fechada com chuva, subia comboio de Makalanhana, vendia banana no monhé. Tudo com sofirimento. E aoje ouvir Arnesto é... é...

As palavras, amargas como água de ncancana, era só inchar no peito. Como sair? Só as lágrimas caíam caladas como cacimbo na noite de Lua cheia. Mas só mucadinho, mucadiiinho. Porque lágrimas de xicoxana caem é para dentro do peito. E ficam a roer o coração. Até coração ficar 'stragado mesmo!

Uma madrugada, com o coração pesado parece pedra, 'sperou o galo cantar duas vezes, fez meio cesto de arroz de casca, fechou com batata-doce e folhas de abóbora, deixou a estrela grande subir. Partiu no terceiro canto do galo.

Atravessou o Nkomáti no batelão e chegou a Marracuene. Tinha muita gente que queria também subir o comboio. Que comboio mamanééé! Gente parecia passarinho. Cheio tudo-tudo. Até em cima. Os homens subiam da janela. Até mulher também!

Vovó Velina ficou parada só a olhar, a olhar, a olhar. Até que os olhos ficaram cheios de chuva. Chuva fina parece cinza. Não via nada. Olhava e não via nada. Nada mesmo. Só cinza nos olhos cansados e muito barulho a subir na cabeça.

Alguma coisa a empurrou. Quase queria cair. Mas continuou ali, espetada no chão, parece xikhelekedana ou xipantalho de pôr na machamba para assustar passarinho.

O comboio fez pôôôm! Começou a andar. Vovó Velina, tu não vai subir comboio, não vai ver Arnesto, não vai dizer meu filho deixa de ser chinelo, de ser xithombe desta xicangalafula.

Mas eis que num sopro, nasceram mãos na janela do vagão. As mãos deram asas ao cesto. Voou. Vovó Velina sentiu anjos que a levavam ao céu. Foi grande o seu susto que adormeceu.

Vovó Velina acorda; Vovó Velina, acorda. Acordou. Viu um rapaz. Parece que conheço este rapaz... Não é filho do Ngunho?

Tu não é filho do Ngunho? Eh, onde foi esse rapaz? Eu conheço ele... E eu, onde 'stou?...

Um homem com calça preta e camisa branca chegou e disse aqui é Xilunguini, desce, o comboio termina aqui.

Ela encontrou o cesto caído. Folhas de abóbora, nada; batata-doce, nada. Agradece xicuembo: ainda tem arroz, 'spalhado embora. Ela juntou o arroz, grão a grão, com paciência de xindjendjendje. Foi a última a descer.

Andou, procurou, perguntou. Em vão. Cansada, veio ali parar.

Agora as pessoas a olharem para ela, para o seu vestido grande de xicalamidida, a perguntar com os olhos se não é maluca, se não fugiu de "Marracuene", e esse Arnesto é quem.

De novo pegou caminho, a andar, a andar como cão sem dono, um nkenho mesmo que quando anda mete o rabo no corpo.

Andou – andou e já não aguentava mais. Sorte: não soube de que céu caiu o anjo que chegou junto dela e disse vou te mostrar, Vovó, o prédio Tavares. O guarda do prédio queria saber Arnesto era aquele rapaz alto, de Marracuene.

– Sim, esse mesmo. É meu filho.

– A mulher dele foi carretar água.

– A mulher?...

– Sim. Em cima – indicava o edifício – não sai água... Masseve, 'spera levador, é longe, é no décimo.

– Estou com medo.

– Não, não dá medo nada. É como comboio – disse o guarda.

Ela sentou-se no chão. O guarda, que era já madala velho, disse:

– Teu filho eu conheço. Como ele, não tem outro aqui. Regressa logo que acaba serviço. Ajuda a mulher...

Ela demorou os olhos no guarda. É verdade, ele disse depressa, ajuda mesmo. Outros chega, é só ficar ler jornal. E a mulher a morrer de trabalho. É bom assim, masseve? Agora é tudo difícil. A mulher acorda madrugada p'ra bichar. Vai na bicha do pão. Volta. Vai no bazar. Volta. Começa a cozinhar almoço. Hei, tem sal lá embaxo! Desce. Tem resto de bastecimento! Corre... Não para nada! Todo o dia de xicuembo. Homem com juízo ajuda, masseve. Maputo é Maputo mesmo.

Vovó Velina lembra no antigamente. Mulher fazia todo o serviço da casa e da machamba. Serviço do homem é no branco e no Joni. A mulher era para ouvir, respeitar, trabalhar muinto. No tempo da maçaroca, assar a mais grande, com dentes bonitos e dar o homem. Fazer assim com batata-doce também. Também com mandoinha, 'scascar castanha e não dar homem o qu'stá partido. Ferver ovos, depois 'scascar e ir pôr com sal e piri-piri. Se é galinha ou cabrito, é preciso saber bem aqui é para o mulumusana, o chefe da casa; separar bem as partes que é para o homem. Não enganar nada se não quer receber porrada.

Saber nascer filhos. É para isso que xicuembo fez mulher. Ser mulher é ter paciência no coração. Saber guentar sofirimento. Não ir mbora quando é batido. Mas aoje, não. Nossas filhas dizem é mancipada. Põe calça parece homem. No caminho até homem leva bebé, a mulher com cigar na boca – é mesmo mancipada?

No meu tempo, a mulher com bebé e cesto na cabeça, o homem só andar de trás, com fato, cachimbo e hop-stick. E depois tirar casaco e pendurar no ombro da mulher. Chiça! Mulher parecia mesmo mbongolo de carregar os saco. Era assim mesmo no antigamente. Depois brincadeiras só mucadinho, brincar xingombela, até o homem vir falar com o pai e lobolar. A gente não sabia nada mesmo. Coxo ou zarolho, era só ouvir este é teu marido.

O guarda abriu a porta do elevador.

– Sobe – disse – Vou ir contigo para não ter medo.

Ao sair, Vovó Velina tremia. O guarda fez força para não rir.

I-ma-ma-nááá! I-ma-ma-ná! I-ma-ma-nááá! I-ma-ma-ná!...

Esta é quem? É a minha nora? Vovó Velina olhava para a mulher que vinha subindo as escadas a gritar:

– I-ma-ma-nááá! I-ma-ma-ná!...

Levava uma lata de água na cabeça. Com uma barriga de oito meses! Subia como camaleão, era da barriga grande e de estar cansada. Mas como ela ria!

– Hoyo-hoyo, mamana! Hoyo-hoyo!

Era o Ernesto abrindo a porta. Tinha na mão uma vassoura.

Uma mão foi pegada pelo Ernesto e outra pela mulher. Entraram com ela, os dois a rir.

Vovó Velina ficou até ao terceiro dia sem saber porque não zangou com a nora. Porquê? Não era para vir mostrar-lhe os dentes que saiu de Macaneta, atravessou o Nkomáti, subiu comboio cheio-cheio e chegou no Xilunguini.

– Mamana, não falta muinto vou ter bebé. Sonhei vai ser minina xonguile parece xiluva e xiphatiphati parece nyeleti. Nome dela vai ser Velina.

O coração da Vovó Velina ficou cheio de mel. Aí morreu de vez a zanga dela: ao dizer aquilo, os olhos da Zabela, a nora, eram doces, olhos de rola, olhos de minina da terra.

Casamento de um casado

Certa vez, a família Macie reuniu. O velho Macie, a capulana a subir até aos joelhos juntos, as costas a confundirem-se com a parede de barro, fumando cachimbo; e a velha Nguanasse, ar submisso, olhos no chão, com casca de cana-doce riscando o chão, esperavam o filho...

Lucas Macie, um operário na açucareira, chegou suado nas gangas de trabalho. Alto como o pai, era, para a sua idade, demasiado sério. Dobrou a coluna ao entrar na palhota e sentou-se num banco tosco, expectante.

– Lucas – disse o velho pigarreando depois de chupar o cachimbo – chamámos-te para trocar ideias. Eu e tua mãe esperávamos de ti qualquer coisa... Achávamos que o teu silêncio significava que ainda reflectias. Esperámos, esperámos... nada! Sigo atentamente a tua vida. Deixa-me interrogado. Essas reuniões, alta noite, com gente estranha...

A barba cerrada, denso feixe de cinzas, enfatizava as palavras.

– Mas tudo isso, meu filho, não é o que nos preocupa. Não nos metemos nisso. O que nos reúne é que... já és homem. Nós – apontava a esposa com a boquilha do cachimbo – já não temos energia, aguardamos a cova.

O velho chupou longamente o cachimbo, os olhos pirilampando no fundo escuro das órbitas.

– Como dizia, já és homem, Lucas. Ela - continuava apontando a mulher – precisa de alguém que a ajude. Entendes?...

Lucas assentiu, com a cabeça.

A mãe riscava ainda o chão, quieta que nem sombra.

– Que dizes? Todos aqueles que contigo fisgaram os pássaros, apascentaram o gado, já se casaram.

– Sim pai, eu sei.

A voz do Lucas era pausada, mas firme.

– Casar era também meu desejo. Nunca deixei de pensar nisso. Mas esta vida é esta vida... Vocês nasceram num tempo, eu noutro. Mas do vosso ao meu, nada mudou.

A mãe deixou de riscar o chão e fixou o filho. Mais espantada do que desaponatada: onde tinha ele aprendido aquelas falas?

– Seria bom ter um lar. Mas é o mesmo que semear no capim. Os meus filhos não seriam meus. Arrancá-los-iam do mesmo modo que se arrancam os filhos à papaieira. Recordem o mano Jonasse. Para onde o levaram? O que fizeram dele? Não foi para São Tomé, no chibalo?

Os olhos da mãe ficaram húmidos e, trémulos, os dedos procuraram a ponta da capulana.

– Desculpe, mãe. Não queria falar assim – disse com brandura.

E, duro, para o velho:

– Pai, já estou casado. Casado com a luta dos trabalhadores da Fábrica. – esclareceu – O açúcar que produzimos é amargo. Há tanto sofrimento em cada cristal. Pai, viverei para essa luta.

Os olhos, fundos e distantes no chupo do cachimbo, reencontraram no fio de fumo o fio de um pensamento.

– Que partirás um dia, eu sei.

E dirigindo-se à esposa:

– Deixemo-lo. Bebeu dos antepassados seu sangue de guerreiro. Somos sangue de Maguiguana. Mouzinho venceu.

Tiraram-nos a terra e o gado. Isso aconteceu faz tempo. Isto é, antes do comboio a lenha do Makalanhana. Mas o sangue guerreiro ainda corre. Lucas não é nosso, vai nos deixar. Irá juntar-se aos outros, em luta. Mas antes, filho, queremos um neto. Se não deixas semente, e morrendo por lá, quem nos irá continuar? Filho, são os teus velhinhos que to pedem: um neto, um continuador.

Lucas não respondeu, olhos pensativos.

– Que tal uma companheira? Há boas raparigas por cá, gente da terra.

Lucas continuou calado.

– Que tal a Maria, a filha do Macaringue?

Lucas olhou o pai com espanto: como é que o velho sabia da sua amizade com a Maria?

Depois daquela reunião, as coisas entre Lucas e Maria começaram a andar com novo ritmo. Pouco depois, ela teve "barriga". Assim o exigira o velho Macie, para garantia de que a futura nora continuaria o seu sangue.

Foi precisamente no dia do casamento, essa grande festa da terra que um carro veio derrubando mandioqueiras. Lucas Macie cingia a noiva e viu o carro a chegar. Um polícia e três sipaios dirigiram-se ao par.

– Desculpa, Maria – disse ele. – Não sabia que seria logo hoje. Cuide do nosso filho. Já algemado, sereno, Lucas explicou à multidão:

– É do meu primeiro casamento: lutar pela nossa terra!

Glossário

A

À cuca de: à procura de.

Alto-Maé: Bairro da cidade de Maputo, situado entre a zona nobre e o subúrbio.

Amacadjó: caju.

Amahelanga: não acabou.

Amarhumbo: tripas. *A - ma - rhumbo*: O prefixo *ma* marca o plural e o *a*, que o antecede, utiliza-se para apregoar, anunciar.

Anga kone, anga kone la: ele (ela) não está, não está aqui.

B

Bacela (de): dado como acréscimo (brinde) na compra de algo, de graça.

Baki: cesto grande, volumoso.

Bater cem: estar na posse total das faculdades mentais.

Bichar: Fazer bicha, formar fila, pessoas que se organizam uma atrás de outra para esperando a sua vez no atendimento para aquisição de um bem ou beneficiar serviço.

Bonfeito: bem feito.

C

Canganhiça: aldrabice, trapaça.

Canhueiro: *Sclero-carya birrea*, árvore cujo fruto é conhecido por *canhu*.

Cantina: loja, mercearia, local de venda de produtos vários nas zonas periurbanas e rurais.
Capulana: pano que as mulheres amarram à cintura, cobrindo-lhes das ancas até aos joelhos ou abaixo destes.
Chamanculo: Nome de um dos bairros do subúrbio da cidade de Maputo.
Chanfuta: *Afzelia quanzensis*, árvore de grande porte (15 a 20 metros) cuja madeira avermelhada e leve serve para construir jangadas (tipo de embarcação), móveis, etc.
Cocuana: avô.
Combomuni: região situada pouco antes da fronteira entre Moçambique e Zimbábue, ex-Rodésia do Sul.
Compound (palavra inglesa): acampamento, alojamento dos mineiros.
Coumponi: vem de *Compound*, bairro suburbano situado a noroeste da cidade de Maputo.
Contratado: trabalhador sujeito ao regime de contrato.
Culimar (do ronga Ku lima ou Ku dzima): cultivar.

D
Datori: corruptela de doutor.
Dina: meio-dia, pausa no trabalho à hora do almoço.
Dledlele: folhas de batata-doce (em ronga).
Dois-muda-campo-quatro-ganha: jogo de futebol entre garotos cujo fim é determinado não pelo relógio, mas pelo quarto gol marcado por um dos times. O intervalo corresponde à marcação do segundo gol.

E
Em vêgi de: em vez de.

F

Fakalamba: pássaro que gosta de banhos de areia e cujo gorjeio se assemelha a uma gargalhada.
Findimês: fim do mês.

G

Gaíça (sing.), **magaíça** (pl.): mineiro que acaba de regressar das minas do Rand (Witwatersrand, Transvaal, África do Sul).
Gala-gala: tipo de lagarto de cabeça azul que habita em árvores grandes.
Guereja: igreja.

H

Hodi: posso entrar? Dá-me licença? Forma como a visita se anuncia em ronga ao entrar numa casa.
Hop-stick (palavra inglesa): bengala recurvada.
Hoyo-hoyo: boas-vindas, bem-vindo.
Hulene: Nome dum dos bairros do subúrbio da cidade, na zona norte de Maputo.

I

Iôiôiô: ioiô.

J

Jardim: Nome dum dos bairros da cidade, na zona nordeste de Maputo.
Jone, Joni: minas do Rand no Transvaal. A palavra vem de Joanesburgo, África do Sul.
Juro xicuembo xihanaca: juro pelo Deus vivo.

K

Khenhar: machucar, agredir, fazer jogo violento no futebol. Do ronga "ku kheha", formação do verbo kenhar por acréscimo do *r* e supressão do *kú*.

(Ku) Hemba: mentir (do ronga).

L

Laulane: zona noroeste da cidade de Maputo.

Lengalengar: vem de *ku lenga-lenga* (baloiçar, em ronga).

Lhòngue: erva de brotos pontiagudos.

Libôndzo: pau para mexer dentro da panela a farinha de milho pilado.

Lobolo: bens (cabeças de gado, panos, dinheiro, etc.) que são entregues pelo noivo à família da noiva para selar o casamento.

M

Mabandido: bandidos.

Maçaleira, massaleira: *Strychnos spinosa*, árvore do fruto massala.

Machamba: plantação.

Maciana: nome de uma estação da linha de trem Maputo--Manhiça.

Maçónica: poder sobrenatural.

Madala: velho, ancião.

Madoda: pessoa idosa e experiente que, na sociedade tradicional, dá conselhos e serve de juiz graças à sua sabedoria.

Mafalala: Nome dum dos bairros do subúrbio da cidade de Maputo, onde nasceu gente famosa como o futebolista Eusébio da Silva Ferreira.

Mafunda-djoni: mineiro novato (do ronga: *ma funda*, aprendiz; *djoni*: Joanesburgo).
Mafurreira: *Trichilia emetica*, árvore meliácea de cuja semente "mafurra" se extrai um óleo.
Magaíça (pl.), **gaíça** (sing.): mineiros no regresso à terra, vindos das minas do Rand (Witwatersrand, Transval, África do Sul). São *va mafelandlelene*, ou seja, têm uma vida cheia de aventuras e riscos, e muitas vezes perdem a vida (=*ku fa*) no caminho (=*ndlelene*), fora de casa (da terra natal).
Maguiguana: chefe de guerra de Gungunhana, do reino de Gaza, vencido em 1897, em Macontene, pelo português Mouzinho de Albuquerque (1855-1902).
Magumba (pl.), **gumba** (sing.): peixes semelhantes às sardinhas.
Mahimbi (pl.), **himbi** (sing.): frutos vermelhos de forma arredondada como o damasco e com dois caroços.
Makalanhana: do ronga *makala* (carvão) e *nhana* (um bocado), "mais um pouco de carvão"; trem a carvão de lenha que fazia o percurso entre Maputo e Manhiça.
Malanga: zona limítrofe de Maputo.
Mananga: nome de povoação longínqua.
Mamana, Mamanô, Mamané: senhora, mãe, mamã.
Mamparra: palerma, idiota.
Mampsincha (pl.), **mpsincha** (sing.): *Salaria kraussii*, nome de fruta silvestre de cor vermelha, do tamanho de uma maçã.
Mandoinha: amendoim.
Manghunguê: merenda.
Maragra: fábrica de açúcar em Manhiça.
Marhumbo: tripas.
Maria-café: espécie de centopeia.
"Marracuene": hospital psiquiátrico de Marracuene.

Masseve: compadre, comadre.
Massinguita: prenúncio de desgraça.
Mathapa: folhas de mandioqueira.
Matope: lama, geralmente de terra escura.
Matrex ou matraquilha: jogo de futebol de mesa, pebolim, totó.
Matsanga: bandidos armados. Este nome foi o do 1º chefe militar da Renamo (Resistência Nacional Moçambicana), André Matsangaíssa, que na década de 1980 lutou contra o governo de Moçambique estabelecido pela Frelimo (Frente de Libertação de Moçambique).
Mavalene: Nome dum dos bairros do subúrbio da cidade de Maputo.
Mawaco: quem me dera! (em ronga)
Maxaquene: Nome dum dos bairros do subúrbio da cidade de Maputo.
Mbangui: *Cannabis sativa*, suruma, marijuana, liamba.
Mboa: folhas de aboboreira.
Mbongolo: burro.
Mbuianguana: *amante de cão* (cadela); coitadinha (o).
Mbungua: espécie de árvore da borracha.
Mbunhar: não apanhar, não encontrar, não conseguir.
Meticagi (pl.): metical (é a moeda de Moçambique).
Micaia: *Acacia pallens, Acacia robusta*, árvore de 10 a 12 m.
Miliça de nditchi: miliciano parasita.
Minkulunguana: *mi* (pl); *nkulunguana*: grito estridente de aclamação (de júbilo); som produzido com um sopro na concha da mão, tapando e destapando repetidamente a boca, em saudação de um acontecimento que constitui motivo de alegria para a família ou comunidade.
Missavene: zona de Maputo.

Moluene: marginal, vadio, vagabundo.
Mucado, mucadinho: bocado, pouco.
Muchololi: especulador, explorador.
Mucume: capulana grande, pano típico com que as mulheres cobrem o corpo todo.
Mufana: garoto, moço.
Mugodini: interior da mina.
Mukhungakhunga: união, ligação. Do ronga: *ku khunga*, ligar, atrelar.
Mulala: raiz para limpar os dentes e que deixa os lábios e a boca avermelhados.
Mulemela: garrafão de cinco litros de vinho branco.
Mulumusana: chefe de família.
Mundle: camarão muito fino e branco.
Mundlerere: jogo de trapaça com moedas. Jogo de azar que consiste em rodopiar uma moeda, aplacando-a em seguida com a palma da mão. Os outros devem adivinhar que face da moeda está virada para cima, apostando com outras moedas.
Muta mbunha: acabou, não há mais.

N

Ncancana: nome de legumes de grande valor nutritivo, mas de sabor amargo.
Ndinha: o mesmo que mamparra, ou seja, palerma, idiota, inapto.
Ndzava: troca de novidades.
Nembo: seiva viscosa de certas plantas (*ficus*) usada para apanhar pássaros.
Nguelana: pequeno enclave de terra abaixo da linha, a sudeste da Estação dos Caminhos de Ferro da Vila de Marracuene.
Nhagóia: zona nordeste de Maputo.

Nhangana: folha de feijão nhemba (*Vigna catjang*).
Nholo: carroça.
Nkeka: pano velho que as mulheres idosas levam à cintura e, na sua ponta, amarram dinheiro e/ou rapé.
Nkenguelékezé: saudação à Lua.
Nkenho: cão vadio e muito magro.
Nkoloane: afluente do rio Incomáti.
Nkomáti, Incomáti: rio do sul de Moçambique.
Nthonthontho: aguardente de fabrico caseiro.
Ntumbeleluana: jogo de escode-esconde.
Nwa muyeche: aquele que está só.
Nwapsidjumba: comboio de mercadorias que circulava entre Manhiça e Maputo (do ronga *nwa*: de; *psi*. prefixo que forma o plural; *djumba*: mercadorias).
Nyanga: curandeiro, médico tradicional, conhecedor de raízes com poderes mágicos.
Nyeleti: estrela.

P

Peredo: prédio.
Polana-Caniço: Nome dum dos bairros suburbanos na zona noroeste da cidade de Maputo.
Psindjendjendje (pl.), **xindjendjendje** (sing.)**:** *Fringilliaria tahapisi*, pequeno pássaro cujo grito evoca esta palavra.

R

Rand: Witwatersrand, complexo industrial dominado pela cidade de Joanesburgo, África do Sul, próximo dos jazigos de ouro, ferro e carvão. Palavra símbolo do poder econômico da moeda sul-africana.

S

Simit: Ian Smith, primeiro-ministro da Rodésia do Sul (1964-1979), hoje Zimbábue. Proclamou unilateralmente a independência do seu país em 1965.
Sope: espécie de vinho branco feito a partir da cana-de-açúcar. Este nome, utilizado no final do século XIX na região de Gaza, tem a sua origem numa marca de cerveja alemã vendida na época.
Suca: Sai daqui! Rua!

T

Tatana: pai, senhor, chefe de família.
Tchova xita duma: "empurra que há-de pegar"; carroça puxada por um homem e que serve para transportar cargas.
Tsotsi: bandido.

V

Vô hemba, amahelanga!: Estão a mentir, não acabou!

W

Wusua: farinha de milho pilado.

X

Xicalamidida: o que não tem medida. Do ronga *xicala*, o que não tem, e do português *midida* (medida).
Xicangalafula: invólucro, sem conteúdo, sem juízo.
Xicoxana: velho, ancião.
Xicuembo: Deus.
Xigubo: dança guerreira tradicional, ao som de um tambor.

Xigueguepau: pano-cru dos sacos de farinha industrial (Companhia Industrial da Matola) que servia de capulana à mulher paupérrima.
Xikhelekedana: nome genérico dado às esculturas de madeira branca tradicionais no Sul de Moçambique.
Xilunguini: "Cidade dos brancos", grande cidade, Maputo, ex-Lourenço Marques.
Xiluva: flor.
Ximácua: raça de cão.
Xingombela: ritmo de dança de que participam homens e mulheres.
Xinguerenguere: roda, aro de bicicleta.
Xipamanine: mercado e bairro popular da cidade de Maputo.
Xipantalho: espantalho.
Xiphatiphati: cintilante.
Xirhangabuana: bulbo das terras áridas utilizado pelas crianças para as rodas dos carrinhos.
Xithombe: fotografia.
Xitukulumukhumba: bicho-papão, o que mete medo.
Xivambalana: *Streptopelia pictura*, pequena rola purpúrea.
Xivimbatlelo: nome de povoação longínqua.
Xonguile: bonita(o).
Xuaxualhar: verbo baseado no som produzido pelo vento.

Y

Yotatanéé!: meu pai! (lamento).
Youé!: choro, suspiro (de dor).

Obras do Autor

- *O regresso do morto* (contos):
  (1989-2010) Associação de Escritores de Moçambicanos (AEMO), Moçambique.
  (1994) Edições Chandeigne, França. (tradução)
  (1997) Editorial Caminho, Portugal.
  (2000) Universidade de Valladolid, Espanha. (tradução)
  (2013) Editora das Letras, S. A., Angola.

- *Amor de baobá* (crônicas):
  (1997) Editorial Caminho, Portugal.
  (1998) Ndjira, Moçambique.

- *Palestra para um morto* (novela):
  (1999) Editorial Caminho, Portugal.
  (2000) Ndjira, Moçambique.

fontes	Colaborate (Carrois Type Design)
	Seravek (Process Type Foundry)
	Gandhi Serif (Librerias Gandhi)
papel	Pólen Bold 90 g/m²
impressão	Prol Gráfica e Editora